의화단

소년의 전쟁

한국어판 서문

몇 년 전 아내와 함께 처가 쪽 친척들을 만나러 서울에 다녀온 적이 있다. 한국 방문은 그때가 처음이었는데, 당시 대한민국 수도의 아름다운 모습에 나는 깊은 감명을 받았다. 장인어른께서는 종종 전쟁의 폐허 위에서 보냈던 어린 시절 이야기를 해주신다. 먹을 것은 부족하고, 가족은 뿔뿔이 흩어지고… 수세식 화장실이나 냉장고 등 현대인들이 당연시하는 문명의 이기는 꿈도 꿀 수 없었던 시절의 이야기다. 장인어른의 기억 속 한국이 지금의 모습으로 탈바꿈되어 있었다. 그것도 단지 한 세대 만에. 대단한 성취다.

한국인들은 몇 십 년에 걸친 고된 노동과 독창적 작업, 그리고 희생을 통해 이러한 변화를 이뤄낼 수 있었다. 동시에 서구 국가들 및 서양 문화와 새로운 관계를 만들어 나가야 하는 어려운 과제 앞에 놓여 있었다. 타이베이, 베이징, 홍콩 등 다른 동아시아 주요 도시들과 마찬가지로 오늘날의 서울은 동과 서의 융합체다. 쓰는 말과 사람들 자신은 동양에 속하지만, 입는 옷, 사는 집, 종교적 행위, 그리고 음악 등은 모두 명백히 서양의 영향을 받았다. 거리에서는 영어가 섞여 있는 간판을 쉽게 볼 수 있다.

이러한 동과 서의 융합이 본격화된 것은 유럽인들이 동아시아에 강한 영향력을 행사하기 시작한 19세기로 거슬러 올라간다. 그러나 이후의 역사는 동아시아 사람들에게 대개 비극으로 귀결되었다. 한국 역시 제국주의의 크나큰 상처를 안고 있다. 중국인들은 아직도 이 시기를 '국치(國恥)의 백년 간'이라고 부른다.

이 책의 주제인 의화단운동도 '백년국치'* 기간 중에 일어났다. 중국계 미국인으로서 나는 학교에서는 서양식으로 지내고 집에서는 동양식으로 자랐다. 의화단운동에 대한 책을 쓰면서 나는 동과 서가 처음에 어떤 식으로 조우했는지 이해할 수 있었는데, 이는 내가 나의 뿌리를 이해하는 한 방편이 되었다. 이 조우의 양상과 의미를 탐색하는 것은 나뿐만 아니라 동양과 서양의 문화가 걸쳐져 있는 모든 곳에서 중요하고 또 필요한 작업이 아닐까 생각한다.

나는 의화단운동에 대해 조사하면서, 어느 편에 속했건 이 사건에 얽혔던 모든 사람들이 얼마나 인간적이었는지 알게 되었고 이에 큰 감동을 받았다. 그들은 상대에게 끔찍한 폭력을 저질렀다. 하지만 그 마음은 한가지였다. 자신의 운명을 스스로 결정하고, 자신들 삶의 양식과 문화적 정체성을 온전히 유지하고자 소망했던 것이다. 나는 의화단원들과 그들의 적인 중국인 천주교도들 양

측 모두에게 연민을 느꼈다. 이것이 내가 이 주제를 두 권의 책으로 작업한 이유다. 한 책의 주인공이 다른 책에서는 주인공의 적이 된다. 이것은 어쩌면 종료된 사건이 아니라 지금도 계속되고 있는 이야기일지 모른다.

그럼에도 나는 동과 서가 균형을 이룰 것이라 믿는다. 생기 가득하고 아름다운 오늘날의 서울이 그 가능성을 증거하고 있다. 동아시아인들은 서구 문명을 그들의 삶 속에 다양한 양태로 녹여 넣을 적절한 방도를 찾아내 왔고, 이는 번영과 희망을 가져다주었으니.

독자 여러분께서 내 책을 즐겁게 읽어주기 바란다.

진루엔 양(Gene Luen Yang, 양근륜楊謹倫)**

역주

* 백년국치(百年國恥) : 중국이 서구 및 일본 제국주의의 침탈을 겪었던 약 한 세기 간의 기간을 지칭하는 말. 대략 19세기 중반인 1839년의 아편전쟁으로부터 제2차 세계대전 후 중화인민공화국이 수립된 1949년까지에 해당한다.
** 저자의 이름은 표준중국어로 '양 진룬'이라 발음되지만, 저자 본인의 발음 및 영어 표기를 존중하여 '진루엔 양'으로 표기한다.

차 례

일러두기

* 본문의 주석은 모두 역주다.
* 본문의 인명은 실제 역사적 인물의 경우 우리식 한자음으로 표기했다. 가공의 인물인 경우에는 중국어 주음 부호를
외래어 표기법에 따라 표기했다.

第一章

1894년 중국 산둥(山東)성 북부

봄. 내가 제일
좋아하는 계절.

봄이면 보름에 한 번
작은 장이 서.

장날이면 나는 대부분의 시간을
경극 무대 앞에서 보내지.

아버지와 형들은
대개 나를 그냥 내버려둬.
따로 할 일이 있으니까.

경극을 공연하기
전에는 땅의 신
토지공(土地公)님을
관중석 가운데
좋은 자리로
모시고 나와.

11

나는 늘 토지공님과 가까운 데 자리를 잡지.

좀 지나갈게요.

그간 잘 지내셨는지요.

이윽고 음악이 시작되면…

배우들이 등장하고…

나는 토지공님과 함께 경극을 감상해.

그러다 보면 돈을 잃은 큰형과 작은형,
그리고 지켜보다 못해 말리고 나선 아버지가
나를 찾아오지.

이제 가자!

틱

다음에
뵐게요.

여름이 되어 장마 때문에 온통
진창이 되면 장이 서지 않아.

그래도 나의 경극은 계속되지.

물을 길러 갈 때는
손오공이,

밭을 매러 갈 때는
관우가 함께 해.

그리고 잘 때는
항아가 자장가를 불러주지.

경극의 신들은 언제나 나와 함께 하다 가을이
되면 서늘한 바람에 실려 사라지고 말아.

이후로는
이듬해 봄까지 기다릴 수밖에 없어.

휴~

바오!
일해야지!

게으른
녀석!

15

어느 겨울 아침에 물을 길러가다가
나는 내 미래와 마주쳤지.
아니, '마주쳤다'는 건 정확한 표현이 아닐지도 몰라.
하지만 적어도 가까이서 보긴 했지.

처음 보는 여자애가 엄마와 함께
지나가는데

얼굴을 찌그러뜨리더니 이내
확 푸는 거야.

!!

가면을 쓴 경극 배우처럼…

난 저 애랑 결혼할 거야. 그럼 집 안이 온통 경극 가면 얼굴을 한 자식들로 가득 차겠지.

그럼 아마도 봄을 기다리는 게 그리 힘들지 않을 거야.

휴~

바오! 가자!

바보!

새해 봄, 첫 장날.

토지공님,
다시 뵙고
인사 드려요.

경극이 한창 상연되고 있는데,
좌판 쪽이 소란스럽지 뭐야.

?

!!!

!!!

잠깐
가보고 올게요.

누가 삐뚤이 할매랑 옥신각신하고 있네…

찐빵 한 개 값을 냈으면 한 개만 가져가야지!

더럽게 맛없네! 그 돈이면 두 개 값은 되겠구만!!

가격은 파는 사람이 정하는 거지!

어이, 싸우지 말고 말로 하자구.

아버지?

그래, 맞아. 이 할망구한테 내가 낸 돈만큼 물건을 달라고 말 좀 해줘.

자네가 이해하게. 이 사람은 늙고 가난한 과부라네.

늙고 가난한 과부는 사기꾼하고 거래 안 한다우. 돌려줘, 이 사기꾼아.

20

한 번만
다시 말하지.
썩 꺼져.

아버지…

바오!

너한테 이런 모습을
보이는 게 아닌데.

그러나 난
보고 말았어.

마치 옛날이야기 속 위인 같은 아버지의 모습을.

…아버지가 주인공인 경극이 나올 수도 있겠어.

!

이제 가서 경극이나 보거라.

네, 아버지.

나는 이제부터 항상 아버지의 뜻을 충실히 따르리라 결심했어.

미안. 일이나 열심히 할래. 그래야 아버지가 기뻐하실 거야.

에이…

다음 장날에 그 사기꾼이
자기 무리와 함께 다시 나타났어.

그중 한 명은 서양인이야.
서양 사람은 처음 봐.

코는 높고

손에는 털이 수북!

에엑.

23

모두들 안녕하시오!

이 사람을 때린 게 누구요?

이 사람은 정당한 대우를 받아야 하오. 말하시오. 누가 이 사람을 때렸소?

베이 신부님! 저 사람입니다.

당신! 당신이 이 사람을 때렸소?

저 사람은 맞을 짓을 했소.

받으시오! 이래야 공정해지오!

뭐라고?

더요!

탐욕은 안 되오! 공평할 정도로만!

다시 돌려놔!

아버지! 한 방 먹여요!

리 씨, 참게! 저 양놈 신부는 서양 군대가 보호해주고 있다우. 싸우면 자네 목이 달아나!

이리 와, 턱에 주먹을 날려줄 테니!

그냥 두게.

아버지?

보시오!
이는 우상이오!
사악한 우상이오!

우상을 섬기지 말고,
하느님을 섬기시오!

휙!

토지공님!

하느님을
섬기시오! 신은 오직
한 분이시오!

26

* '갑'은 옛 중국의 향촌 조직 단위로서, 10호(戶)가 1갑이 된다. 각 갑에는 갑장을 두어 행정 및 치안을 담당하게 했다.

해가 진 후 마을 남자들이
모두 모였어.

지금 나는 원래
자고 있어야 하지.

이대로 가만
있을 수는 없소.

아까 장터에서 손을 써야 했어.
그대로 가게 두다니!

관유, 날 그렇게 쳐다보지
말게! 나는 우리 마을을 위해
그런 거라고!

흥! 당신은
자기가 겁쟁이라는 걸
숨기고 싶었을
뿐이라고!

무식하기는! 톈진(天津)에서
무슨 일이 일어났는지도 모르고!
양놈들을 무시했다간
다 끝장이라구!

무식해? 하하.
갑장 양반, 꼭 진짜
과거 시험이라도 통과한
사람처럼 이야기하는구먼.

내 이 더러운
주둥아리를…

관유! 갑장 양반!
그만들 두게!

끙!

토지공님이 깨져버렸네!
그분께서 우리가 아무렇지도 않게
넘어간다고 생각하게 해서는
안 되지! 무슨 조치를 취하지
않으면 올해 농사를
망치고 말 걸세!

현령님께 고소를 하지요.

흥! 현령이
뭘 할 수 있다고.

관유 말이 맞아요!
정부도 양놈들한테는
이빨 빠진 호랑이예요!

청(淸)나라는
일본조차도 막지
못했잖소!

왜놈들한테 지다니!
나 원 창피해서!

그럼 어떻게 합니까?
아무렇지도 않게 넘어가요?
뭔가 해야 합니다!

30

그렇지!

내가 내일 현령께 가서 우리 마을 공납을 바치겠소. 그러면 얘기를 들어는 주시겠지.

좋소. 한 명 더 같이 가야 할 텐데.

내가 가지요.

그럼 됐소. 리 씨와 갑장 양반은 내일 새벽에 출발하시오. 각 집에서는 이 둘이 가져갈 공납품을 내도록 합시다.

31

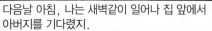

다음날 아침, 나는 새벽같이 일어나 집 앞에서 아버지를 기다렸지.

바오 아니냐?

안녕히 다녀오세요, 아버지.

돌아올 때까지 사흘은 걸릴 거다. 형들 말 잘 듣고 있거라.

아버지가 떠나자 형들은 전보다 더 짓궂게 굴어.

물 가져와!

장작 가져와!

철썩!

먹을 것 좀 가져와!

철썩!

그래도 밤이 되면 아버지가 현령님을 만나는 꿈을 꾸니 기분이 좋아.

이 사람 말을 듣는 게 좋을 겁니다!

뭐든 말씀만 하십시오, 뭐든!

아버지는 예정보다 하루 일찍 돌아오셨어.

철썩!

가자! 아버지 오셨어!

마을 사람들이 쑥덕거리는 걸
들어보니, 얘긴즉슨 이래.

현청까지 하루쯤 남았을 때
아버지와 갑장 어른은
서양 병사 무리와 마주쳤대.

통행권 문제로 다툼이 벌어졌지.

당신들은 예의도 없소?
우리는 무거운 부담을 지고 있는
사람들이란 말이오!

알았소, 알았소!
제발 싸우지 맙시다!

35

아버지와 갑장 어른은
목적지까지 갈 수 없었어.

아버지의 상처가 다 낫기까지 꼬박
1년이 걸렸지.

아버지는 온종일
알아들을 수 없는 말을 중얼거리며
창가에 앉아 계셔.

가끔 내가 뜨거운 물을 가져다 드리지만…

받아 드신 적은 한 번도 없어.

다시
봄이 왔어.

우리 마을 옹기장이 관유가
토지공님을 새로 빚었지.

투전꾼에 술주정뱅이 관유.

아버지나 할아버지에
비하면 솜씨가 정말…

모든 게
전과는 달라졌어.

第 二 章

1898년 중국 산둥성 북부

처음에는 비가 내리는지도 몰랐어.

나는 치과의사 아들인 빙웡빙과 한창 전쟁놀이 중이야.

유비, 이제 항복하시지!
조조의 막강한 힘 앞에
무릎을 꿇어라!

길고 짧은 건
대어봐야…

틱!

완전
명사수네!

툭!

41

43

마침내 비가 그쳤어. 보름 동안
벌레를 씹고 나무껍질 죽을 먹으며 버틴 끝에
우리는 마을로 돌아왔어.

먼저 관유 아저씨네 아내의 장례를 치렀어.

그러고 나서 집을 정리했지.

해 뜰 무렵, 마을에 낯선 남자의 목소리가 울려 퍼졌어.

식용유 사려!

식용유!

식용유 팔아요!

식용유 사려!

누구야, 저건?

글쎄요.

식용유라니! 여기 요리할 게 뭐가 있다고!

우릴 놀리는 거야, 뭐야?

♪

♪

이봐, 젊은이! 도대체 뭘 하는 거야!

여긴 홍수가 막 휩쓸고 지나간 동네라고.

어, 미안합니다.

언짢게 할 생각은 아니었는데…

식용유 살 돈은 고사하고, 요리할 음식 자체가 없다구!

우리가 굶고 있다는 걸 새삼 알려주는 떠돌이 따위 필요 없네!

뭘 봐!

이크!

THOK!

탁!

낯선 아저씨들은 왜 삐뚤이 할매만 못살게 구는 걸까?

에구!

48

네?

저…
제가…

제가 요즘 목 이쪽이
계속 아픈데요…

주홍등은 마을 사람들을 하나하나
진찰해주었어.

싫은 내색도, 돈 이야기도 하지 않고 말야.

저녁이 되자 촌장님이 주홍등에게 콩죽
한 그릇을 주고 식용유를 조금 사셨어.
분명 촌장님 댁에 마지막으로 남아 있는
콩이었을 거야.

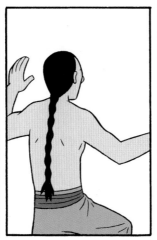

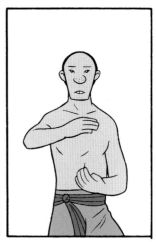

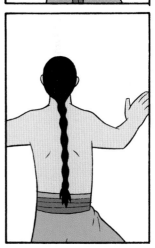

쿵후를
할 줄 아네.

그러게.

가서 좀
가르쳐달라고
할까?

그러자. 어차피
할 일도 없는데…
농사도 다 망했고.

하하하! 형들이? 쿵후를?
차라리 돼지한테
경극을 가르치겠다!

#*?@!

후유.

다시 한 번!

하나!

둘!

정오 무렵이 되자
생도가 열 명도 넘었지.

셋!

갑장 어른네 아들도 있네.
나보다 겨우 한 살 많을 뿐인데!

넷!

52

유비! 각오해라!

?

악독한 승상 조조께서 너를 쳐부수겠다!

빙웡빙! 나 좀 내려줘, 빨리!

어떻게?

나도 몰라… 당겨봐!

잘했어!

응.

고마워! 나중에 봐.

잠깐!

풀썩

풀썩

우리 전투는 어떡하고?

지금은 안 돼.

새 어금니 가져왔단 말이야.

물론 형들은 나를 끼워주려 하지 않아.

네가? 쿵후를?

하하하! 차라리 닭한테 춤을 가르치겠다!

팔뚝 좀 봐. 씹었다가는 이에 끼겠는데!

꼬추에 털이나 나거든 다시 오시지.

그때까지 빙웡빙이랑 소꿉놀이나 하셔.

하하하하!

형들이 훈련하는 곳 근처에
저쪽에서는 보이지 않는 으슥한 곳이 있어.

여기서 나만의 훈련을 하는 거야!

쿨쿨…

탁!
WAP!

앗!

어이!

주홍등!

주홍등!

쉿!

네가 바오지?
훈타이랑 취안타이 동생.

네.

보니까 저쪽 벽 뒤에서
매일 연습하던데.

네.

내가 기술 좀
더 가르쳐줄까?

넷!

58

오른손에 기를 모으는 거야. 그러면 양귀(洋鬼)*들 총처럼 되지.

저기 나뭇잎 하나 보이지?

네.

이 상태에서 돌멩이를 튕기면…

FLICK!

탁!
TWAP!

하하하! 봤지? 멋지지?

이제 네가 해봐!

FLICK!

탁!
TWAP!

!!

나보다 잘하는데! 해본 적 있구나!

비슷하게…

이빨을 좀 튕겨봤죠.

흠.

이런 거 말고 쿵후 초식을 가르쳐줘야겠다.

좋아요!!

59

일루 와봐!

주홍등이 하루 종일
자리를 비우는 날이 가끔 있어.

주홍등이 없어도
청년들은 훈련장에 모이지.

하나!

둘!

그럴 땐 대개 큰형이 연습을 주관해.

주홍등이 먹을 것을 좀 가지고
돌아올 때도 있어.

그걸 마을 사람들에게 나누어주면, 사람들은
감사히 받지. 어디서 난 건지는 서로 묻지 않아.

외출했다 돌아와서도 주홍등은
야간 훈련을 절대 빼먹지 않아.

준비됐으면
덤벼!

휘!

휘!

휘!

63

봐요!
내가 맞혔죠?

그래!
잘했다!

네가 친 데
멍든 것 같아.

왼쪽 어깨였어요.

어, 그런가?

실망하지 마! 잘했어! 누가 알아?
계속 훈련하면 너도 나 같은…

쿵후 도사가 될지. 누구도 뚫을 수 없는 금종조(金鐘罩)*와 같은 몸이 되면 모두들 너를 우러러볼 거야.

특히 여자들이!! 하하!

바오, 여자한테 가까이 가본 적 있어?

음…

냄새를 맡을 수 있을 정도로 가까이 말야.

아뇨.

아! 여자들한테는 선녀 같은 냄새가 나지. 여자들은 완전히 달라! 여자들은… 여자들은… 정말 멋져!

쿵쿵

?

* '온몸이 청동으로 주조한 종으로 덮여 있다'는 뜻으로, 소림(少林) 사대(四大) 신공(神功) 중 하나를 말한다. 대표적인 외공(外功) 무술에 속하는데, 이 무술을 연마하면 피부가 단단해져 도끼에 맞아도 몸에 상처가 생기지 않는다고 한다.

주홍등은 오후가 되어
훈련장으로 돌아왔어.

KLANG! 쨍!   KLANG! 쨍!

쨍그랑!
KLANG!
KLANG!
쨍그랑!
KLANG!
쨍그랑!

어억!

THOK! 푹!   THOK! 푹!   THOK! 푹!   THOK! 푹!

제군! 나는 내일 여기를 떠난다!
3일 동안 북쪽으로 가게 될 텐데,
여러분 중 네 명과 함께 갔으면 한다!

무슨
일이에요?

나는 대도회(大刀會)*다!
우린 양귀들에게서 우리가 사는
고장을 지키기 위해 뭉쳤지.
우리는 무능한 청나라 정부를
대신하여 사람들을 지키고 있다.

이 불쌍한 분들께서 먼 길을 와 나에게 도움을 청하셨다.
지금 여섯 사람이 부당하게 투옥되어 있다고 한다.
그들을 가둔 자들은 가양귀자(假洋鬼子)**,
즉 서양 종교로 개종한 중국 놈들이다.

내가 가서 그들을
풀어주고자 한다.

나와 함께하고자
한다면, 칼을
뽑아라!

* 청나라 말기의 민간 비밀결사. 의화단운동에도 중심 세력으로서 참가했다.
** 가짜 양놈. 외국에 협조하는 중국인을 경멸적으로 부르던 명칭. 여기서는 천주교도가 된 중국인을 이른다.

주홍등! 내가…

바오 너는 안 돼!

윽!

탁!

차오쑨쑨!

좋아!
내일 새벽,
훈련장에서
보자!

주 사부님! 은혜는
영원히 잊지 않겠습니다.

아닙니다. 저야
말로 영광입니다.

나는 주홍등과의 마지막 훈련에
나가지 않기로 마음먹었어.

나를 못 가게 하다니!
어떻게 그럴 수가!

초식도 내가
제일 많이 익혔단 말야!

내가 칼을 뽑지
못하게 한 건 실수라고!

칼이 있든 없든,
난 따라가겠어!

다음날 동이 트기 전에 일어났더니 놀랍게도 아버지가 집 앞에서 날 기다리고 계셨어.

아버지…?

바오야… 가지 마라…

네 형들은 가더라도…

…

넌 날 떠나지 말아다오…

예전 같으면 항상 아버지의 뜻을 따르겠다고 맹세했겠지.

하지만 그때는 그때, 지금은 지금. 그때의 아버지는 지금의 아버지가 아니야.

날 두고 가지 마라…

날 두고 가지 마, 바오야…

가지 마…

집에 반쯤 왔을 때,
주홍등이 던진 돌이…

다 미워!

모두 다
미워!

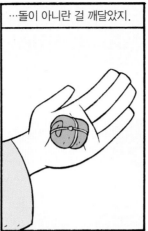

…돌이 아니란 걸 깨달았지.

?

이건…
지도잖아!

77

산 정상 빈터에 도착하자
정말 멋진 칼이 있었어.
이런 물건은 난생 처음 봐!

!

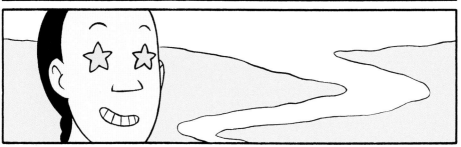

주흥등이 왜 칼을 뽑지
못하게 했는지 이제야 알겠어.
그렇게 시시한 것 말고
이걸 주려고 했던 거야!

이렇게나
날 믿어주다니!

SMACK!
퍽!

82

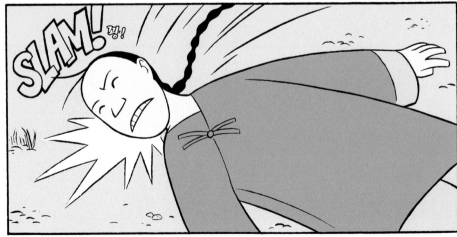

그놈 지금 어디에 있느냐?

북쪽으로 갔어요. 언제 돌아올지는 모르고요.

그놈이 여기로 가보라고 했느냐?

네.

자기 대신 너를 보낸 게로구먼.

네 뒤 나무 그루터기에 찻주전자와 잔이 있느니라. 이리로 가져와서 한 잔 따라봐라.

귀가 먹었느냐? 차 가져오라고, 이것아.

第三章

1899년 늦여름
중국 산둥성 북부

나는 거의 이틀에 한 번꼴로 산에 올라가 '배불뚝이 도사'(내가 이렇게 이름붙인 게 아니라 당신 스스로 이렇게 칭하신다.)를 만나고 있어.

어떤 때는 차를 따라 드리고,

어떤 때는 도사님의 '콩밭'을 매지.

여긴 아무것도 없어요. 어디가 밭이고 어디가 아닌지 어떻게 구분해요?

입 다물고 김이나 매거라!

도대체가 쿵후는커녕, 그 비슷한 것조차 연습한 적이 없어.

한편 우리 마을 사람들은 점점 빼빼 마르고 쇠약해져만 가고 있어.

주홍등이 떠난 후로는 음식 얻기가 어려워졌지.

아버지는 배가 고파서 말이 없어지셨고.

이런 때 배불뚝이 도사의 배는 어째 저리 불룩할까?

사부님, 쿵후는 언제 가르쳐주실 건가요?

쿵후?

네, 쿵후요! 주홍등이 저를 여기로 보낸 게 그것 때문 아닌가요?

흠. 쿵후라… 좋다.

뭐냐? 뭐하는 게야?

준비 자세 인데요.

92

음. 됐다.

이제 이걸 태워서…

…삼켜라.

먹으라고요?

그래. 재를 삼켜.

꿀꺽!

끄윽!

이제 마지막 단계다.

눈을 감고…

음…
내 생각이 맞았군.

아직 때가 아니다.
넌 아직 안 돼.

헉헉!

콜록콜록! 그럼…
콜록! …어떻게 돼야
하는데요?

그런 게 있어. 뭐 어떻게
되는 게 있느니라. 확실히
뭔가 되게 되어 있지.
하하.

이제야 나는 깨달았어. 사부님이 어떤 사람인지.

하하하!

그저 뚱뚱하고 늙은 바보지.

하하!

히히!

굼적
굼적

96

밤에 배불뚝이
도사가 꿈에 나왔어.

끄르륵
끄르륵

우적우적   아귀아귀

이 식충아!

온 나라가 굶고 있는데
너는 어찌 그리도
처먹는단 말이냐!

아이고, 뭐든
드릴 테니 목숨만
살려주십쇼!

저기 봐! 바오가
음식을 가지고 온다!

멋져!

!

한 시간 넘게 뒤졌는데

먹을 거라곤
한 톨도 없군.

그래, 최소한
마을 사람들한테
콩죽이라도 줄 수
있겠지!

99

이제 난 밤이건 낮이건
마을을 떠나지 않는다.

정말이지 주홍등이
너무나 보고 싶다…

심지어 우리 형들조차
보고 싶어… 조금은 말야…

아주 조금은…

바오!

?

촌장님, 댁에 계시나?

CLUNK!
털썩!

큰형! 작은형! 돌아왔군요.
모두들 돌아왔군요!

주홍등은요?

네 알 바 아니다.

잘 왔다, 얘들아.

촌장님, 잠시 드릴 말씀이 있습니다.

촌장님이 문을 닫자마자 큰형이 이야기를 시작했지.

촌장님, 부탁드립니다. 저희들을 좀 숨겨주세요.

무슨 일이냐?

지금 청나라 군대가 대도회 회원을 잡으려 이 지역을 수색하고 있습니다. 저희가 잡히면, 옥에 갇히고…

아마 참수될 겁니다.

주홍등은 어떻게 되었느냐? 그가 너희를 도울 수는 없는 것이냐?

끔찍한 일이… 있었습니다.

큰형이 차근차근 이야기했어. 마치 머릿속에서 당시 일을 하나하나 재연하듯이…

마을을 떠난 지 며칠 후, 주홍등과 형들은 역시 북쪽으로 가고 있던 다른 대도회 회원들과 마주쳤어.

다시 만나 반갑습니다, 동지.

정의를 위해 다시 한 번 함께 싸웁시다!

그들과 함께 감옥에 갇힌
여섯 명을 풀려나게 해주었지.

그러고 나서 그들을 투옥시키는 데 일조했던
가양귀자들이 양놈들에 대한 믿음을
저버리도록 만들고, 그들의 집을 불살랐어.

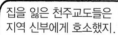

집을 잃은 천주교도들은
지역 신부에게 호소했지.

신부는 자국 대사에게
이 문제를 이야기했고…

대사는 청나라 정부에
조치를 취하라고 요구했어.

이에 황군(皇軍)이 파견되었어.

대도회 수령들이
체포되고…

심문을 받았지.

…그리고…

…그리고…

112

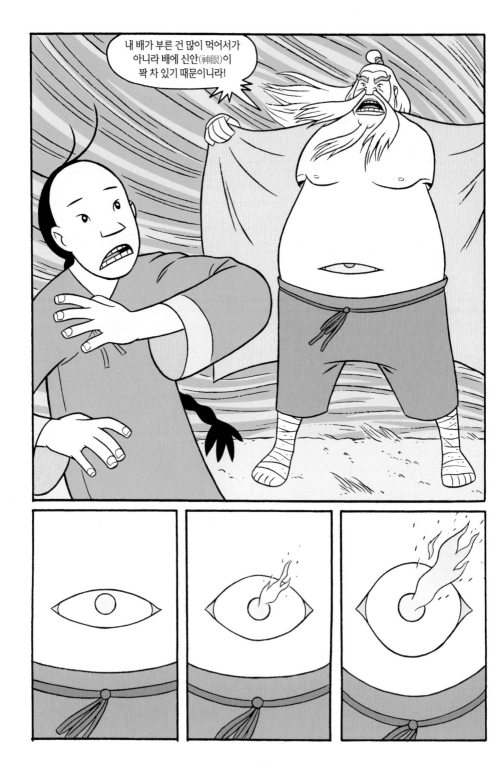

…이렇게 죽긴 싫어… 훌쩍
…난 아직 젊다고…

멈춰라!
그 사람들을 풀어줘.

뭐야,
저건?

웬 삐쩍 마른 촌뜨기가
칼을 들고 있는데!

…하늘 가득 신들이 나타나
사방이 어두컴컴해졌지.

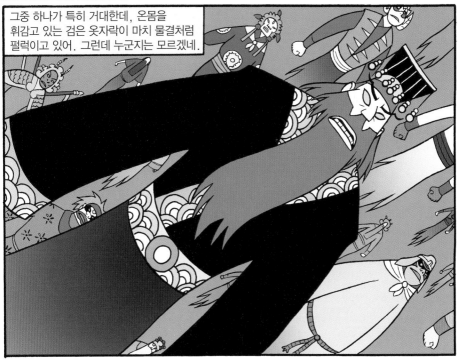

그중 하나가 특히 거대한데, 온몸을
휘감고 있는 검은 옷자락이 마치 물결처럼
펄럭이고 있어. 그런데 누군지는 모르겠네.

第四章

1899년 가을
중국 산둥성 북부

나리, 살려주세요! 살려주세요!
그 소가 없으면 저희들은
굶어 죽어요.

그런 말은 우호(友好)
축일 비용을 안 낸다고
하기 전에 했어야지.

안 낸다 했다고?! 요 석 달 새 이게
벌써 세 번째라고. 너희 깡패 놈들이 벌이는
축일인지 뭔지가! 네놈들이 우리가
가진 것 전부를 먹어치웠잖아!

메이원,
참아!

어이, 아줌씨! 댁네 딸이
말을 참 잘하는군. 자기
주제를 좀 파악하도록
가르쳐두시지. 안 그러면
내가…

용서하세요,
용서하세요!

엄마!

AAAA AAAAAAA
으아아아아아아앙!

너 그거
고해성사해야 돼.

쳇. 요 몇 달 동안
그 털보가 도대체 날
사면해주지 않던데.

살인자!

쓱!

아가씨,
진정해.

죽여
버리겠어!

앙큼한 것! 맘에 들었어.
뺨 몇 대 때려줘.
몸은 건들지 말고.

안 돼.
그런 짓을 하면
못쓰지!

?

형들과 마을 청년들은 훌륭한 학생들이야.
몇 시간 연습한 후 모두 이 의식을 완전히 습득했지.

모두 함께
'콩밭'에 절을 한 후…

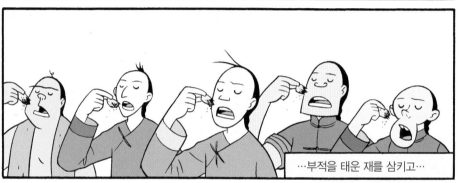

…부적을 태운 재를 삼키고…

…몸속의 숨을 모두 내쉬자…

…동쪽으로부터 천둥소리와
함께 폭풍이 몰아치며…

CLAP!

우그릉!

…다시 한 번, 하늘이
신들로 새까맣게 뒤덮였어.

큰형은 관우가 되었어.
전쟁의 신이자 도원결의의 형제인
관우!

작은형은 장비가 되었지.
도원결의의 둘째 말야!

차오쑨쑨은 원숭이의 왕,
손오공이 되었고,

홍카오링은 참회한 괴물 돼지,
저팔계가 되었어!

그리고 나는, 그 누군지 모르겠는, 검은 옷을 펄럭이는 신이 되었어.

변신하는 순간,
목에 숨이 탁 막히며 마치
물에 빠진 것 같은 느낌이 들었어.

138

더 일찍
오지 못해
미안합니다.

당신들 소문은 익히 들었어요.
한 무리의 청년들이 촌구석을
돌아다니며 우리 같은 평민들에게
정의를 선사한다고요.
대도회, 맞죠?

네.

저희에게 정의를 행해주어 감사해요.
이 은혜를 어찌 다 갚을지.

아, 그렇다면 방법이
하나 있죠.

동지! 대도회의 규칙이 있지 않은가!

뭐가
문제야?

취안타이,
말 들어!

140

저녁이 되자 메이원이 펄펄 끓는 멀건 죽을
대접해주었어. 정말 꿀맛이었어!

그러고는 우리에게 어머니 집 마루에서 자라고
권유하는 거야. 하지만 우리는 집 앞 마당에서
자야 한다고 내가 우겼어.

규칙에
따라야지.

쳇!

바오, 취안타이,
일어나봐!

?

내가 멋진 걸
찾았다고!

짜잔!

이 나무를 보라고
우릴 깨운 거야?

그냥 나무가 아니지!
복사나무라고!

《삼국지》의 한 장면,
기억 안 나?

유비, 관우, 장비가 바로 이 복사나무 아래서 의형제를 맺어 죽을 때까지 신의를 지키며
힘을 합쳐 조조를 쳐부수기로 맹세했잖아!

우리 셋이서 똑같이 하는 거야! 의형제를 맺는 거지!

근데 우린 진짜 형제잖아!

그리고 형들은 관우랑 장비인데, 난 내가 누군지 잘 모르겠어.

적어도 유비는 아냐. 유비가 검은 옷을 입고 나온 경극은 못 봤거든.

그런 건 중요하지 않아! 지금 우린 함께 싸우고 있잖아! 정의를 위해! 도원결의를 맺은 세 형제처럼!

휴! 훈타이 형이 그러자면 뭐…

킁킁

이게 뭔 냄새야?

어, 허허. 사실 똥이 마려워서 잠이 깼걸랑. 나무에서 좀 멀찍이 떨어져 맹세해도 괜찮겠지?

다음 날 아침 메이윈 어머니의 장례를 치러드리고…

마을로 돌아왔는데, 놀랍게도
이웃에 건장한 남자들이 꽤 많지 뭐야.

그런데 아무도 메이윈네를
도와주러 나서지 않았던 거지.

겁쟁이들.

집 떠난 후 이렇게 평안해보긴 처음이지? 여길 뜨면 꽤 섭섭할 거야.

생각을 좀 해봤는데… 우리가 죽인 가양귀자들도 다 가족이 있겠지?

그들이 복수하러 온다 해도 아무도 메이원과 그 동생을 위해 맞서주지 않을 거야.

하지만 바오. 네 손에 이미 황군의 피를 묻혔어.

지금 황군이 아마 눈에 불을 켜고 널 찾고 있을걸. 여기 머무르면 마을 전체가 위험해져.

알아, 안다고.

훈타이 형, 이 겁쟁이들을 훈련시켜서 전사로 만드는 데 며칠이나 걸릴까?

사흘만 더 머무는 거다! 더 이상은 안 돼!

그럼 당장 시작해야지!

챙! **CLANG!**

언니,
저것 좀 봐!

챙! 챙! 챙!

동작
그만!

짝!
짝!
짝!

갑자기 숨이 내쉬어
지면서…

마치 대양의 파도처럼 입에서
말이 쏟아져 나오지 뭐야.

마을 장정들이여, 잘 들으시오!
대도회가 미혹됨을 없애고 법도를
세우리니, 그러면 모두 피해야 할 것을
알게 되오! 우리는 악을 용서하지 않소!

대도회에 가입하시오!
대도회가 검수(黔首)*에게 의(義)과
화(和)를 가져다주리다!

해질 무렵이 되자 12세 이상
남자들이 모두 나와 훈련을
받게 되었지.

하나!
둘!
셋!
넷!

* 검은 맨머리라는 뜻으로 일반 백성을 비유적으로 이르는 말. 서민들은 머리에 관을 쓰지 않고 검은 머리로 지냈던 데서 비롯되었다.

151

차 마실래?

메이윈!
고마워!

늦었는데
안 자고 있었네.

응. 동생이
잠을 잘 못 자.

매일 밤 소리를 지르며 깨…
그날 이후로… 너도 알잖아.

달래서
재우고 나면,
이번엔 내가
신경이 곤두서서
잠이 안 와.

메이메이가 낮에는 항상 기운차던데.

아침이 되면 괜찮아져.

나도 요사이 잠을 잘 못 자.

저, 오늘 네가 쿵후 시범하는 걸 봤어. 멋지던데!

정말?

에헴, 내가 공부 좀 했지.

선비이자 쿵후 사범이라니! 훌륭해!

선비? 아, 아냐! 왜 그런 생각을…? 난 아는 게 없어… 쿵후밖에 몰라.

그래?

하지만 시범 끝나고 연설했잖아… 그거 진시황이 한 말 아냐? 난 네가 읽은 걸 기억했다가 암송하는 줄 알았는데.

그때 했던 말은… 나도, 나도 잘 모르겠어. 동지들과 훈련할 때면 가끔 그런 말이… 그냥 튀어나와.

근데 진시황이 누구야?

중국의 첫 번째 황제.

흐음. 난 그런 사람이 나오는 경극은 본 적도 없는걸.

154

그런 건 어디서
배웠어?

어릴 적에
아빠가 책을
주셨어.

있잖아,
이 차는 정말
맛이 좋아!

하하! 알면서…
그냥 따뜻한 물이야!
우리 집에 차
떨어진 게 벌써
몇 달 전인데.

하지만 그렇게
말해주다니, 정말
친절하네.

이제 가서 자야겠다.
잘 자, 바오.

너도 잘 자.

동지들,
먼저 대도회의 강령을 외워봅시다!

제1조!

부모님을 공경한다!

제2조!

여자와 재물을 탐내지 않는다!

제3조!

어떠한 부정도 배격한다!

제4조!

약자의 편을 든다!

제5조!

목숨을 바쳐 동지를 보호한다!

좋습니다, 이제…

바오!

나도 대도회에 가입할래!

메이원!

킥킥!

왜 웃는데? 내가 여자라서? 바보들!
요(遼)나라 천문진(天門陣)을 깨뜨린 게
바로 목계영(穆桂英)* 아니야?

!

메이원도
그 경극을
봤구나!

콩닥

콩닥!

메이원, 대열에 서봐!

고맙습니다.

* 소설 《양가장연의(楊家將演義)》 및 그것을 소재로 한 경극에 등장하는 가공의 인물.

큰형! 뭐하고 있어? 저녁도 안 먹고.

있잖아, 아까 오후에 내가 그렇게 말한 건 미안해.

바오, 넌 우리의 수령이야. 네가 하고 싶은 대로 말하면 돼.

아니, 그렇지 않아. 형한테 그럴 순 없지…

잠깐. 짐을 다 싼 거야?

그래야 해. 우린 이미 사흘을 다 채웠어.

응, 맞아.

새로운 동지들이 적절히 훈련돼야 떠나지…

바오! 황군이…

이것도 의무네. 동지! 이제 와서 식사를 하도록!

162

바오. 네 사부는 오래전에 목이 잘렸느니라! 그를 위해 지금 네가 할 수 있는 건 없어.

나한테 뭘 원하죠?

내 이름은 아는군. 하지만 내가 진정 누구인지 아느냐.

흠. 물론 모르겠지. 무식한 촌놈에게 뭘 기대하겠느냐.

짐이 곧 중국을 만든 장본인이다! 짐이 전국 칠웅을 통일하여 하나 된 중국을 만들었느니라. 바로 내 손으로 이 땅에 의(義)와 화(和)를 불어넣었느니라!

그리고 북쪽 오랑캐인 흉노로부터 이 땅을 지키기 위해 중국 전토를 둘러 용처럼 긴 만 리의 장벽을 세웠느니라!

이런 업적 때문에 검수들이 내게 진시황이라는 칭호를 올린 것이다! 상제의 아들, 최초의 황제란 이름을!

이 나라는 내 자식이다. 이 나라의 위대한 성취는 다 내 것이다.

그런데 지금, 흉노보다 훨씬 더 흉측한 위협이 내 업적을 무너뜨리려 하고 있도다. 바다 건너에서 온 허연 얼굴 악마들이, 마치 어린애들이 수박 쪼개듯 중국을 산산조각 내려 하고 있어!

그놈들은 오랑캐의 종교, 오랑캐의 관습, 오랑캐의 쾌락으로 검수들을 쇠약하게 하고 있다! 그 해독이 내 나라의 심장부까지 파고들었느니라!

바오, 너와 나는 원래 이렇게 만날 운명이었느니라!

너와 나는 같기 때문이니라.

나는 중국을 하나로 통일할 사명을 띠고 이 땅에 태어났다!

그리고 이제 네 시대적 사명은 이 중국을 '하나'로 묶어두는 것이니라!

!

메이윈 말이 맞았어.
내가 변신한 신은
진시황이었던 거야.

지금 이 순간,
이 사실을 그녀에게
알리고픈 마음뿐이야.

바오, 내 말 잘 들어! 넌 네 힘으로 우리 목숨을 구했어. 우리에게 의식을 가르쳐준 것도 바로 너야.

네가 바로 우리의 수령이다! 그러니 이제 수령으로서 우릴 이끌어!

하지만, 하지만… 저들은 수가 너무 많아!

이 마을에 머물며 사람들을 지키기로 결정한 건 바로 너야! 바오, 네 말을 지켜! 사람들을 지켜주자고!

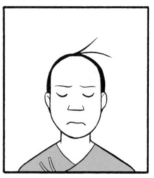

훈타이 형, 새로 가입한 동지들을 규합해서 최대한 빨리 의식을 가르쳐줘.

준비가 되면 전투에서 합류하자!

우ㄹㄹㅇ!
CLAP!

네놈들이
대도회인가?

그렇다.

어흠!

국법에 따라 청나라 조정은 이제 대도회를
불법 단체로 규정한다. 대도회는 외국인 선교사,
중국인 천주교도, 그리고 황군에 대해
범죄를 저질렀다.

대도회 회원들은 즉시 무기를 버리고
해당 지방관청에 투항하라! 이를 따른다면
관대한 처분을 받을 것이다!

169

곧 그녀가
나타났지.

붉은 천을 두르고
손에는 칼을 들고.

메이윈은 전설의 여장군
목계영이 되어 있었어.

쉬익!

173

주위를 둘러보아라, 청나라 개야! 인민을 배반한 결과가 무엇인지 똑똑히 봐!

살려주십시오, 도사님! 저는 일개 말단 관리입니다요! 명령에 따랐을 뿐이에요!

마지막까지 비겁하구나. 더러운 놈!

굽어살펴 주십시오, 제발! 양귀들이 정부 관료들을 빠짐없이 장악하고 있습니다요. 최고위층까지도요!

우리 수도까지 점령했다고요!

수도? 베이징(北京)이 양귀들에게 넘어갔단 말이냐?

네에! 허연 얼굴의 양귀 상인들이 거리에 가득 차 있습니다요!

그놈들이 대지의 용맥 위에 성당을 세운 통에, 신부들의 흑마술이 더욱 강해졌습지요! 양놈 군대가 황궁을 멋대로 들락날락하고 북경의 온갖 구역에 중국인은 출입 금지가 되었고요!

그놈들의 해독이 내 나라의 심장부까지 파고들었도다!

중국인은 아무도 대항할 수 없어요. 특히 저 같은 놈은요! 살려주세요! 도사님, 살려주세요!

살려주시는 겁니까?

일단은.

동지들, 들으시오! 대도회는 항상 이 나라 각 지역의 정의를 지키기 위해 애써왔소! 동시에 청나라 정부는 이 마을 저 마을로 추적하며 우리를 못살게 굴어왔소!

중국의 심장부가 더럽혀 있는 한은 계속 우리를 박해할 것이오!

이제 우리가 할 일은 칼과 창으로 이 해독을 제거하는 것뿐! 베이징으로 가서 양귀를 뿌리 뽑읍시다!

베이징?

베이징엔 군사가 수만 명이나 있다고! 황군뿐 아니라 외국 군대까지! 이길 수 있다고 생각해?

그럼 계속 쥐새끼처럼 도망만 다니자는 말인가? 이제 중국에 의와 화를 회복할 때가 왔소!

베이징으로 갑시다!

베이징으로!

가자, 베이징으로!

새로운 임무엔 새로운 이름이 필요하오! 이제 대도회가 아닙니다. 이제부터 우리를…

의화단이라 부릅시다!!

저녁 때 메이원이
자기 집 소를 잡았어.

육포를 만드느라
부뚜막에 밤새 붙어 있네.

취안타이 형도 돕고.

언젠가 홍등이 말했지.
남자가 여자를
지나치게 바라면
여자의 음기에 물든다고.

취안타이 형은 확실히
음기에 물들었어.

바오, 네가 안 자고 있었으면 했어. 내가 지금 막…

메이윈, 생각해봤는데…

너를 위해, 그리고 우리 모두를 위해, 너는 여기 머물러 있어주었으면 해.

무슨 말을 하는 거야! 같이 훈련도 했고, 또 함께 싸웠잖아!

바오, 나랑 말 좀 해! 바오!

여러 가지로 잘해줘서 고마워! 잘 있어, 메이윈!

열흘 전 이 마을에 들어섰을 때
우리는 조그만 패거리에
지나지 않았지만

이제는 어엿한 군대가 되었어.

언니가 떠나지
않게 되어서 좋아.

...

나도 그래.

第五章

1900년 봄
중국 허베이(河北)성 남부

낮에는 필요한 곳 어디든 달려가 정의를 행하고,

저녁에는 일반 백성들이 베푸는 호의를
감사히 받지.

그리고 밤에는 모닥불에 둘러앉아
루파이가 하는 이야기를 듣는 거야.

놈들은 정말
사람도 아니야!

양귀들은 무자비하고 몰염치하지!
사람 눈깔을 갈아서
약으로 쓰는 놈들이라니까!

익!

루파이는 메이원네 마을 전투에서
우리가 살려준 관리야.

그 힘이 모두 음기에서 나온다고!
그놈들이 어떻게 아편전쟁에서 황군을 이겼을 것
같아? 우리 중국군은 원래 세상에서
제일 남자다웠다고!

전투에 나가기 전, 양놈 보병들은
월경혈을 이마에 바른대!

이익!

그의 이야기는 기괴한 거짓말투성이지만,
어쨌든 재미는 있다니까.

장교들은 그걸
잔에 담아 마시고!

우욱!

근데
'월경혈' 이
뭐야?

그 자식들은 여자의 음모로 짠
깃발을 교회에 내건다고!

우웩!

여하튼 그를 살려둔 게 후회되지는 않아.

그리고 대포를 발사하기 전,
벌거벗은 여자를 걸터앉히지!

오옷!

185

무서운데!

마지막 이야기는 빼고.

그, 근데 루파이. 그런 괴물 같고 귀신 같은 군대를 우리가 어떻게 이기지?

하하하!

바오 동지, 뭐라 한 말씀 해주시죠.

동지들, 루파이의 터무니없는 이야기를 너무 믿진 마시오. 우린 신이고 저들은 인간일 뿐입니다!

동지. 실례되지만, 전 베이징에서 일한 적이 있습죠. 양귀들이 북적거리는 데서 몇 년을 보냈어요. 근데 동지는 양귀를 본 적이 있으신가요?

한 번 있소.

내 목숨을 걸고 맹세컨대, 그놈은 다른 인간과 마찬가지였소. 몸에 칼을 꽂으면 쉽사리 죽일 수 있단 말이오.

베이징에 가 기회가 닿으면 꼭 그렇게 하리다.

동지들, 잘 자시오.

하지만 베이징에 갈 것까지도 없었어.

나오시오, 동지들! 양귀들에게 피의 벌을 내립시다!

가자!

후유~

화차에 사람들이 타고 있나?

네.

"주님은 나의 목자이시니 내게 부족함이 없으리로다. 나를 푸른 풀밭에 누이시며 쉴 만한 물가로 인도하시도다."

"주님은…

나의 영혼을…"

STAB!
퍽!

윽!

와똔와똔! 와똔와똔!

아앙!

여러분은 이제 자유입니다.
양귀는 모두 죽었소.
집으로 돌아가시오.

와뛰! @끄와 으솩, 와똔와똔!

아앙!

다들 뭐 잘못 먹었나?
집으로 가라고!

바오…
이 사람들은 천주교도들이야.
양귀에게 끌려가는 게 아니고,
양귀를 도와주는 거였어.
우리들한테서
도망치도록.

"주님은 내 영혼을 소생시키고 주님의 명예를 위하여 의의 길로 인도하시도다."

정말 역겨운 가양귀자들이로군.

여자와 아이는 살리고, 남자는 모두 죽이도록.

악!

살려주세요!

안 돼!

살려줘요!

있잖아, 요전 마을에서 내가 어떤 아가씨를 봤걸랑. 걔가 걸어갈 때 말이지…

잠깐.

바오, 괜찮아?

괜찮아요. 화차에서 치렀던 전투가 좀 생각나서요.

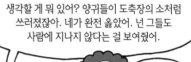

생각할 게 뭐 있어? 양귀들이 도축장의 소처럼 쓰러졌잖아. 네가 완전 옳았어. 넌 그들도 사람에 지나지 않는다는 걸 보여줬어.

그렇죠, 사람이죠.

어이, 그 전투를 우습게 보면 안 돼. 우리도 손실이 컸다고.

그래, 맞아. 하지만 계속 생각한다고 뭐가 달라져?

너무 심각해지지 말자고. 이러면 좀 도움이 될 거야.

!

슬쩍!

200

뭐야?

윽!

푸윽!

큰형, 각오하라고!

하하!
어디 해보시지!

어이, 바오!
큰형을 가만둘 거야?

철썩!

저기, 내가 좀
흥분했어. 그럼
안 되는데…

بِسْمِ اللّٰهِ الرَّحْمٰنِ الرَّحِيمِ
الْحَمْدُ لِلّٰهِ رَبِّ الْعَالَمِينَ

뭐야,
이건?

الرَّحْمٰنِ
الرَّحِيمِ

아,
안 돼!

노래
좋은데!

205

* 동복상과 감군 : 동복상은 청나라 말기의 무장이다. 간쑤(甘肅)성 출신. 의화단의 난 때 간쑤 제독으로서 군대를 이끌고 베이징으로 들어가 서태후를 호위했다.

209

부대, 차렷!

앞으로 갓!

당신들이 명성도 자자한 의화단원들이로군. 우리는…

청나라를 위해 싸우는 감군이로군요. 당신은 동복상 제독이고요.

만나서 영광이오.

제군들, 이 훌륭한 의화단원들을 건드려서는 안 된다! 우회해서 진군하도록!

내가 태후마마께 그대들에 대해 보고했소.

마마께서는 그대들이 마마의 감탄에 화답하기를 강력히 바라고 계시오.

마마는 그대들의 용기와 전투 솜씨, 그리고 백성들에게 헌신하는 마음에 매우 감탄하고 계시오.

의화단은 지금 어디로 가고 있소?

베이징으로 가오.

그렇다면 곧 만나게 되겠구려.

다시 만날 때 우리는 동지가 될 수도 있고 불구대천의 원수가 될 수도 있소. 그건 오로지 태후마마의 바람이 실현될지 여부에 달려 있소.

의화단이여, 편안한 여행길이 되기 바라오!

213

루파이는
어디 갔지?

SLAP!

어이, 가자고.
숙영지가 여기서
멀지 않아.

일이 꽤 재미있게 전개되는군. 그래서 어떻게 응답할지 정했는가?

아니요.

현 왕조가 정당한 것은 아니지만, 일시적으로 협력하는 게 너희들에게 편리할 것이니라. 일단 복종했다가 나중에 때가 되어 전복시키면 되느니라.

뭐라고요? 그건 배신 이잖아요!

강령 제3조, 어떠한 부정도 배격한다!

감히 내게 도의를 가르치려는 게냐?

알량한 강령 따위를 들이대다니!

으윽!

215

짐은 상제의 아들, 진시황이니라!
선과 악은 짐이 결정한다!

윽!

너는 다름 아닌 중국에 충성해야 하느니라! 알겠느냐? 다른 그 어떤 것에도 충성해선 안 되느니라! 심지어 너 자신에게도!

네… 네…

콜록콜록

썩 꺼져라!

콜록

다음날 아침, 나는 차오쑨쑨에게 청나라에 대한 우리의 의사를 만방에 알릴 수 있게 준비하라고 명했어.

다 됐어?

거의.

됐다!

아주 좋아. 뭐라고 썼는지 읽어봐 봐.

洋 灭 清 扶

부청멸양(扶清滅洋)! 청나라를 돕고 양놈을 무찌르자는 뜻이지!

베이징에 가까워질수록
양귀들의 존재감이 점점 더 뚜렷해진다.

우리는 서양에서 온 것이라면 마주치는
족족 최선을 다해 제거해나가고 있다.

곧 어떤 마을에 들어섰는데
사람이 한 명도 보이지 않네.

쓸 만한 게 있으면 다 챙기고,
양놈들의 표식은 눈에 띄는 대로
부숩시다.

사람들은 다
어디로 간 거지?

221

며칠 더 나아가 베이징 외곽에 도착하자
큰형의 의문이 풀렸지.

저게 천주교도들의 근거지로군.

음기의 근거지이죠.

저 음모 깃발 좀 보세요!

아이고, 맙소사! 말을 할 때마다 내 몸에서 힘이 빠져나가는 것 같아요.

어디 앉아 있을 나무 없나…

오늘 밤에는 푹 쉬라고 동지들에게 이르시오. 동이 틀 무렵 공격할 것이오.

얘들아, 가자.

"꺼져."

어이, 꺼져.

얘들은 배고픈 고아들이라고요! 그렇게 인정머리 없이 굴 건 없잖아요!

미안. 우리는 이 성을 방비하느라 먹어둘 필요가 있어… 음, 기운을 내려면… 무슨 말인지 알겠지?

꺼져. 꺼져. 하하.

225

베이 신부님!

비비아나, 성모님께 기도드릴 땐 방해하지 말라고 했지 않느냐.

죄송해요, 신부님! 하지만 수많은 사람들이 성 밖에 몰려와서는 "죽이자! 죽이자!" 하고 구호를 외치고 있어요. 아셔야 할 것 같아서요.

의화단이로구나!

군인들은 어디 있느냐?

아까 보았을 땐 아침을 먹고 있었어요.

227

228

마침 양귀들이
우리를 보러 나왔구나.
지금이다!

동지들이여,
저들을 모두 죽여버립시다!

탕! 탕! 탕!

여기는 내가 죽기에 안성맞춤이야.
사방이 동지들의 피로 물들어 있으니.

심장 소리가 점점 희미해지는 게 들려.

그때 멀리서 번쩍…

…붉은 천을 두르고 손에는 칼을 든…

우리들의 희망이 전장으로 달려왔지.

메이원…

내 잘못이야…

…형이… 죽었어.

내 아비는 진나라의 부유한 상인이었고, 어머니는 그의 첩 중에서 제일 아름다운 여인이었느니라.

"어느 날 진나라 왕자 한 명이 일을 논의하고자 아버지 집에 찾아왔다가 시중을 드는 어머니에게 반하고 말았지."

"아버지는 왕자에게 어머니를 정중히 바쳤단다. 자신의 씨를 진나라 왕실에 심으려는 계산이었지."

"난 왕자의 아들로 태어났느니라. 진짜 핏줄은 감춘 채 말이지."

"아버지는 자신의 부를 활용하여 권력을 잡으려고
왕자에게 영향력을 행사했지. 덕분에 그 왕자는
형들을 제치고 황제 자리를 물려받을 수 있었느니라."

"그러나 재위 3년 만에 그가 죽자…"

"열세 살인 내가 황제가 되었느니라.
그리고 아버지는 섭정이 되어 날 보좌했지."

"12년이 흐르고 내가 전국 칠웅을 통일하여
하나의 제국을 건설한 후, 난 아버지가 내 정책에
의혹을 품고 있다는 사실을 알게 되었느니라.
나는 아버지를 변방으로 추방해버렸어."

"그리고 병사들에게 명령을 내려 아버지가 명예롭게
죽도록 했느니라. 독약으로 말이지."

현명하신 황제여. 이제는
이 나라가 그대의 아버지요, 어머니요,
형제요, 자식입니다.

왜… 그런
이야기를 나에게
하는 거죠?

그렇다면 잘 들어라. 모든 왕조는
오행(五行) 중 하나에서 그 힘을 얻느니라.
진나라는 수덕(水德)에 힘입었고.
네가 다시 싸우고자 한다면,
너의 오행을 정해야 한다.
무엇으로 할 테냐, 바오?

목(木)?

토(土)?

금(金)?

오…

으윽!

어이, 아가씨!

나한테나 내 자매들에게 가까이 오기만 해봐. 네 목을 따버릴 테니까. 알았어?

메이윈? 작은형? 왜 그래?

바오?

바오!

바오 동지! 다시 걷게 되었다고 들었소!

반갑습니다!

동지들, 반갑소!

작은형?! 뭐하는 거야?!

바오! 이년은 가양귀자야!

이 작자가 뭐하는 거로 보여?

경극 가면 같은 얼굴이었잖아!

그런 모욕적인 말을… 어쨌든 사람 잘못 본 거야. 난 당신 본 적 없어.

날 풀어주고 진짜 영웅이 되는 건 어때? 난 고아들을 돌봐줘야 하거든.

가양귀자인가?

천주교도냐고? 그래.

양놈 종교를 믿지 않는다고 말해. 그럼 기꺼이 풀어주지. 그게 아니면, 널 죽일 거야.

바오 동지?
날 찾았다고…

루파이…

…양귀와 중국인
졸개들에 대해 다시
이야기해주시오.

!

음, 그게… 그놈들은 사람 눈깔을
뽑아내서… 그걸 갈아 약을 만듭지요.

계속하시오.

음기를 강화하기 위해 월경혈을
들이킵지요! 여자 음모로 깃발을 짜서
건물에 그걸 걸어 놓습니다요!

아기들 간하고 심장은
금속기계 연료로 쓰고요!

第六章

1900년 여름
중국 베이징(北京)

죽은 동지들을 묻는 데 거의 하루 종일이 걸렸다.

큰형도 죽고

차오쑨쑨도 죽었지.

우리 마을을 떠나온 사람 중 이제 나만 남았어.

마침내 떠날 날이 되자, 메이원과 여성 동지들도 우리와 함께 가기로 했어.

이 문제에 대해 논의한 건 아니지만 동지들 중 불평하는 사람은 없었지.

그럼 우리가 너희를 뭐라 불러야 할까? 의화단 여성 동지?

안 되지. 우린 너나 너희 동지들과는 달라. 그리고 우리 수령은 네가 아니라 나라고.

그래. 그럼… 홍등조(紅燈照)*가 어떨까?

홍등조라… 좋은데! 어떻게 그런 생각을 했어?

예전에 홍등이란 친구가 있었어.

여성을 특히 존중했지.

동지들, 지금부터 우리 조직의 이름은 홍등조입니다.

홍등조!!

* 의화단운동 여성 조직 중 하나. 붉은 옷과 장신구를 착용하고 붉은 등을 들고 다닌 데서 '홍등조'라는 이름이 나왔다.

행군하는 동안에도 나는 틈나는 대로
메이원과 이야기를 나누려 노력해.

여기서 베이징까지 가는
제일 빠른 길이 뭐지?

어제
아침에도
물어봤잖아?

발 아픈 거 아냐? 다리를 좀
저는 것 같아서 말야.

아니,
안 아파.

조심해. 이 근처에 뱀이 많대.

바오, 그건
내가 너한테 해준
얘기잖아!

홍등 말이 맞았어.

여자들한테는
선녀 같은 냄새가 나!

콩콩

메이원의 머리에서 나는 향기를 맡고 있노라면,
내 옷에 밴 연기 냄새를 잊을 수 있어.

도성은 과연
대단하네.

거리에는 거지와 장사치들이 넘쳐나고…

…풍각쟁이와 범죄자들에…

…양귀들…

…그리고 의화단원이 가득해.

우아, 우리보다 먼저 도착한 동지들이 이렇게나 많네!

아는 사람은 하나도 없어!

온 나라 사람들이 전부 우리 단원인 것 같아!

윽!

WAP!
딱!

이빨이잖아?

빙웡빙!

바오!

고향 사람을 다 만나다니! 얼마나 기쁜지 모르겠어!

바오 형, 보고 싶었어!

메이윈, 이쪽은 내 고향 친구 빙윌빙이야.

만나서 반가워요!

저도요!

근데 여기서 뭐해?

형을 찾고 있었지! 형이 떠나고 나서 몇 달 후에 다른 의화단원들이 우리 마을을 지나갔거든.

거기에 합류해서 나도 훈련을 받았어! 이제 나도 형처럼 의화단원이야!

내가 떠나기 전 너한테 우리 아버지를 잘 돌봐달라고 부탁했는데…

네가 여기 있다는 건… 그럼…

미안해, 형.

형네 형제들이 떠난 후,
아버지는 식사를 하지 않으셨어.
갖은 수를 다 써봤지만…

장례는 우리가
잘 치러드렸어.

강령 제1조,
부모님을 공경한다.

…바오…

걱정 마.
난 괜찮아.

그날 밤 루파이가 우리를 자기 지인에게 소개해주었어.

단왕(端王)* 전하는 아주아주 높은 분이라고요! 우리를 묵어가게 해주시다니… 아주아주 운 좋은 줄 아세요.

머리를 좀 더 숙여요. 좀 더!

아니오. 그렇게 격식 차릴 필요 없소. 그대들보다 먼저 왔던 분들에게도 이야기했지만…

…중국을 구한 영웅, 의화단원들을 대접하게 되어 영광이오.

단왕은 우리에게 동쪽 사랑채를 내주고, 홍등조에게는 서쪽 사랑채를 제공해주었지.

이 그릇 좀 봐! 이렇게 멋있는 그릇은 처음 봐.

이런 그릇에 국수를 담아 먹으면 어떨까? 진짜 근사하다!

내려놔! 그건 그릇이 아니야. 요강이라고!

!

* 청나라의 황족. 이름은 애신각라 재의(愛新覺羅 載漪)다. 도광제(道光帝)의 다섯째 아들 돈근친왕(敦勤親王)의 둘째로 태어나 38세 때 단군왕(端郡王)에 봉해졌다. 서태후의 조카사위이며, 의화단운동의 지지자였다.

빙윙빙, 웬일이야?

형, 같이 갈 데가 있어.

무슨 일인데?

그 예쁜 누나는 같이 안 가?

메이원 말이야? 같이 가야 돼?

둘이 친한 거 아니었어?

메이원, 잠깐 시간 좀 돼?

어디 가는데?

좋았어!

이쪽으로 와요.

이쪽이야!

여기 앉아.

그 후 우리는 시내 이곳저곳을 쏘다니며 놀았어.

그날 저녁 단왕궁으로 돌아오는 길에 그가 나타났지.
베이징에 입성한 후 처음이었어.

저 문 뒤에 있는
건물들은 뭐지?

공사관 지역이야.
양귀 외교관이랑
군인들이 사는 곳이지.

흠.

저게 뭐지,
메이윈?

바닥에 있는
저 얼룩…

핏자국 같지 않아?

어떻게 된 거야?

바오 동지, 어디 있었어요? 양귀들이 텐 동지를 거의 죽일 뻔했다고요!

양귀들이 나를 무슨 길 잃은 개라도 되는 양 쳐다보며 서 있기에…

칼을 뽑아 신발에 갈면서 나도 그놈들을 똑같이 쏘아봐 줬지요! 그놈들 수가 그렇게 많지만 않았어도 흠씬 두들겨 패줄 수 있었는데!

공사관 지역에서 그랬소?

네! 어떻게 아세요?

…

양귀들은 우리가 여기 있는 걸 맘에 들어 하지 않아요. 그놈들은 공사관 구역에 중국 사람이 드나드는 걸 싫어하지요. 하인들만 빼고요.

말도 안 돼! 자기들이 뭔데 우리 중국 땅에서 오라 마라 하는 거야?

아가씨, 베이징은 이제 중국 땅이 아니오! 이 도시를 분할하고 나누어 가질 권리가 양귀들에게 있단 말이오! 그놈들에게 자기 주제를 가르쳐줘야만 하오!

지당하신 말씀입니다, 어르신.

단왕 전하의 말이 맞아요! 행동에 나설 때입니다. 싸웁시다!

바오 동지, 명령을 내려주세요. 다음 행동이 뭡니까?

276

내 옷에 배어 있던 연기 냄새를
난 또렷이 기억하고 있어.

그리고 메이원이
잡았던 손의 느낌도.

내가 원하는 답을 찾으려 메이원의 눈을
들여다보았지만, 그녀는 답을 주지 않아.

가요, 바오. 싸워서
되갚아주자고요!

내 스스로 해답을
찾을 수밖에 없군.

머지않아 때가
올 것이오. 동지들,
아직은 안 되오.

뭐라고요?

양귀들의 군대는 강하고, 장비도 잘 갖추고 있소.
그리고 공사관 지역은 방비가 철저하오. 그곳을 공격하려면
우리 쪽의 준비가 확실해야 하오. 훈련을 강화하고
인원도 더 늘려야 한다오.

사람을 더 모은다고요? 우리 동지들이 베이징 거리 구석구석마다 들어차 있어요. 지난 몇 주간 매일같이 배회하면서 나라를 위해 싸우길 기다리고 있다고요. 훈련 따위 더 이상 필요 없어요!

더 이상 훈련은 필요 없어요. 이제 행동을 취할 때라고요! 정의와 화합의 행동!

아직은 때가 아니오, 동지들! 내 결정은 이미 내려졌소!

늦었소. 모두들 이제 쉬시오. 내일 아침 훈련을 재개할 것이오.

겁쟁이!

그가 저기
서 있는 걸 알지만,

쳐다보지 않기로 마음먹었어.

하지만 계속
거기 있다는 건
알고 있지.

쿨

아!

딱!

익!

바오?!

어디 가는 거야?

나도 몰라. 저 안에 더 이상 있을 수가 없어서…

바오. 양귀랑 싸우기 위해 왜 더 기다려야 해? 무서워서 그래?

뭐? 아니야. 아니야. 난… 저기… 우리 다른 이야기 하면 안 될까? 최소한 오늘 밤에는 말야.

지금 내가 원하는 건 너랑 함께 있는 것뿐이야.

여기 들어오면 안 되는 거 아냐?

안 되지.

그런데… 여기가 어디야?

한림원 도서관. 우리나라에서 가장 위대한 도서관이지!

잘 봐, 바오! 온통 책이야!

어릴 적에 아버지가 여기서 일하셨대. 아버지는 학자였는데, 이곳 이야기를 많이 해주셨어.

난 아버지를 졸라 여기에 대한 이야기를 듣고 또 들었지. 아버지가 어찌나 자세히 이야기해주셨던지, 나중엔 이곳을 마음속에 환히 그려볼 수 있을 정도가 되었어.

그런데 내가 정말 여기에 있다니! 여긴 내가 상상했던 것보다 훨씬 더 근사해!

바오. 난 너랑 무언가를 공유하고 싶어… 우리 둘이서 언제나 함께할 무언가를…

메이윈… 나도 같은 생각을 하고 있었어… 오랫동안 나도 같은 생각을 하고 있었지…

너한테 이야기를 하나 읽어줄게!

이야기?

응!

아, 그래! 내 말이 바로 그거야! 이야기.

여기 앉아.

탁탁

메이원이 책을 읽기 시작했어.

메이원이 모르는 글자가 자주 나오나 봐.
살짝 웃으며 뭐라 중얼거리는 걸 보니. 나는 알지.
그녀가 최선을 다해 때려 맞히고 있다는 걸.

그녀의 머리에서 나는 향기, 리드미컬한
목소리… 정말이지 너무 멋져.

옛날 옛적
대자대비를 실천하기 위해
자신의 몸을 바칠 것을 서원했던
공주가 있었습니다.

난 눈을 감았어. 그러자 세상에
오직 그녀만 남은 듯했지.

"공주는 부왕에게 향산(香山) 위 사원에서 수도하게 해달라고 청했습니다. 하지만 왕은 허락하지 않았지요."

"왕은 그녀를 어떤 장군에게 시집보내 버렸습니다. 장군은 투박한 손, 차가운 마음, 뚱한 성격의 사람이었지요."

"공주는 왕에게 물었습니다."

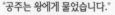

결혼한다고 하여 이 세상에 무슨 도움이 되겠습니까? 결혼이 늙음과 쇠약함으로 고생하는 중생들의 고통을 구제해주나요?

질병의 고통을 구제해주나요?

죽음의 고통을 구제해주나요?

"왕은 한마디도 대답할 수 없었지요. 공주는 향산으로 떠났습니다."

"하지만 왕은 자신의 뜻을 그리 쉽게 꺾으려 들지 않았습니다. 홧김에 향산으로 군대를 보내 사원을 불태우고 주민들을 모두 산 아래로 끌어오라 명령했지요."

"왕의 군사들이 사원을 태우려고 세 번이나 시도했지만, 세 번 모두 공주가 손 한 번 휘젓자 불이 꺼져버렸습니다."

"공주의 자비한 영혼을 불조차도 해치려 하지 않는다는 생각에 황군 사령관은 울기 시작했습니다. 왕의 명령을 어기게 되었으니 말입니다."

저와 제 가족에게 응당 벌이 내려질 것입니다.

"공주는 사령관의 눈물을 보고 기꺼이 자신의 몸을 불태우기로 결심했습니다. 마지막 숨이 끊어지는 순간, 그녀는 이렇게 기도했습니다."

이 살인의 업보가 이 불쌍한 사람이 아닌 저에게 내려지게 하옵소서!

"기도가 이루어져 그녀는 죽어 지옥으로 갔습니다."

"오래지 않아 염라대왕은 그녀를 이승으로 다시 돌려보낼 수밖에 없었습니다. 그녀의 대자대비에 감화된 지옥의 중생들이 많았거든요."

"그녀는 향산으로 다시 돌아와 사원에서 살았습니다."

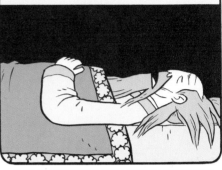

"몇 년 후 늙어 쇠약해진 왕은 심한 병에 걸렸습니다.
이 병을 고칠 수 있는 약은 오직 의로운 사람의 손과
눈으로 만든 약뿐이었지요."

"부왕의 병에 대한 소식이 공주의 귀에도 들어왔습니다.
공주는 궁으로 가 아버지께 필요한 것을 바쳤지요."

"그러자 왕의 병이 씻은 듯이 나았습니다.
자기의 병을 낫게 한 눈과 손이 누구 것인지
알게 된 왕은 딸에게 용서를 구했습니다."

왕은 향산에 공주를 모시는 절을 세웠습니다.
그리고 공주는 중생의 고통을 살피는 천 개의 눈과
그 고통을 낫게 해주는 천 개의 손을 가진 대자대비의 신,
관음보살이 되었지요.

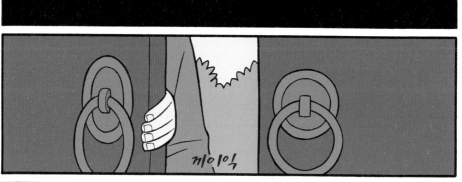

!!!

어, 도서관에 누군가 들어온 것 같은데!

잠깐! 멋대로 들어가면 안 돼!

경비병을 불러와!

메이원, 잠깐!
들어봐…

미쳤어?
지금 경비병이…

빙웡빙
목소리잖아?
누구한테
소리 지르는
거지?

공사관 구역 쪽인데.

거기가
공사관 구역이야?

응. 도서관
바로 옆.

…의화단이다!
우리는 산둥성에서
기의했다!

290

저 소년은 키도 작고 무술도 부족하지만 열정이 있느니라. 가슴속에 영웅의 심장이 뛰고 있어! 부럽지 않느냐, 바오.

부끄럽지 않느냐?

뭔가 해야 해! 저러다 빙웡빙이 죽겠어!

얼마나 더 너희 잡것들한테 이 말을 해야 하나? 이 구역에서 꺼져!

WACK!
퍼억!

윽!

바오, 듣고 있는 거야? 도와주지 않으면 빙웡빙이 죽어!

한심한지고! 여자한테까지 꾸지람을 당하다니!

년 많은 일을 겪었어. 형들의 죽음이랑 또 다른 많은 일들… 네가 두려워한다 해도 널 이해해. 하지만 우린 빙웡빙을 도와야 해.

뭐가 중요한지 똑바로 알지어다. 저 소년의 목숨 따위, 크게 보자면 아무것도 아닐 터. 년 저 애를 위해서가 아니라 중국을 위해 싸우는 것이니라.

꺼져, 꺼져.

꺼져, 꺼져.

퍼억!
WACK!

이 눈 째진 병신
같으니! 내가 누군지
알기나 하는가?

철컥.   철컥.   철컥.

나는 케틀러* 남작이다.
주중 독일공사.

내 집에는 중국 놈들이
열 명도 넘지. 모두
너보다 깨끗하고 잘 먹어.
내 구두를 닦고
아침 차 시중을 드는 게
다 중국 놈들이야.

네놈이 그 더럽고 보잘것없는
발을 내 얼굴에 갖다댔겠다!
넌 죽어 마땅하지만, 내가
직접 죽이진 않겠다. 내 옷을
네놈의 피로 더럽힐 필요는
없을 테니까. 네놈들 태후를
시켜 널 죽이게 할 것이야.
그러자면 우선 태후가
내 구두에 입을 맞추고
우리나라에 용서를
구해야겠지.

메이원과 내게는 칼도 없고, 태울 부적도 없고,
의식을 올릴 시간도 없어.

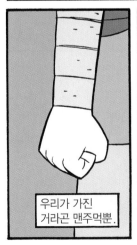

우리가 가진
거라곤 맨주먹뿐.

그래도 해야 하겠지.

여기
무슨 일이요?

아, 동 장군! 마침 잘 왔소.

하지만 너무 늦었어요. 중국 측에서 또 창피한 사과를 하지 않을 수 없겠군. 장군의 군대를 시켜 우리 구역에서 이 쓰레기들을 치우는 수고를 좀 해주시오.

이 몹쓸 놈을 체포해주시오. 나는 귀국 외무부에 정식으로 항의서를 제출할 절차를 밟아야겠소.

의화단 동지여! 태후마마께서는 백성들을 지켜주는 그대들의 용기에 항상 감탄하고 계시오.

마마께서는 마마의 감탄에 대한 화답으로 그대들이 깃발에 쓴 문구를 특히 마음에 들어 하시오.

동지들이여, 마마의 영광이 함께하기를!

!!!

철컥

!!

철컥 철컥 철컥

이봐요, 장군! 무슨 짓이오! 독일 공사에게 총을 겨누다니. 이는 선전포고와 다름없소.

아, 그렇군요. 하지만 남작의 말은 틀렸소. 단지 총을 겨누기만 한 건 아니오.

그날 베이징의 모든 구역에서
경극의 신들이 봉기했지.

우리는 황군과 협력하여
전투를 벌이고 있어.

동시에 양귀들과 가양귀자들을 몰아내는 일에
착수했지.

이제 넌 전과
다르다, 바오.

넌 더 이상 내가 될 수 없다.

새로운 인물이
될 것이다.

새로이 개창한…

CLAP!

화(火) 왕조의 신!

이제 베이징 전역이
불길에 휩싸였다.

파란 여름 하늘을 배경으로
불길이 치솟으니,
무시무시하게 아름답군.

놀라운 감식안
이십니다요, 나리.

양귀들이 얼마나 더
버틸 거라고
예상하오?

양귀들은 꾀가 많습니다요.
제 풍부한 경험을 통해서
전 그놈들의 음기를
과소평가해선 안 된다는
사실을 깨달았습죠.

하… 하지만 황군과 의화단이 연합했으니
반드시 승리할 것입니다요! 특히나 단왕 전하의
뛰어난 영도를 받고 있으니까요!

공사관 구역이
일주일이나 버티겠습니까?
그럴 턱이 없지요.

피와 불로 얼룩진 한 달이 지났어.

공사관 구역 외곽 건물을 잃은 후에도
양귀와 가양귀자들은 남은 건물로 물러나 바리케이드를 쳤지.
그들은 강하게 버티고 있어.

도성 전체에서 연기와 땀 냄새,
더운 여름 날씨에 상한 시체 냄새가 나.

콜록! 콜록!

괜찮아?

응, 괜찮아.
콜록!

저놈들은 중국인 하인들을 잡아먹고 있는 게 틀림없어요.

그게 무슨 말이오?

한 달 동안 식량은 물론 그 어떤 물품도 들어간 게 없어요. 가양귀자 수백 명을 데리고 아직 살아 있다는 걸 달리 설명할 방도가 없습지요!

단왕 전하의 인내심도, 식량도 바닥을 보이고 있습니다. 전하의 부가 거대하기는 해도 한도가 없는 건 아닙지요. 이제 곧 끝장을 보아야 합니다!

…

어제 동쪽에서 온 사자가 조정에 도착했소. 양귀의 군대가 그들의 동포를 구하기 위해 베이징으로 진군하고 있다 하오. 태후마마께서는 휴전협정을 고려하고 계시오.

휴전? 차라리 항복을 하시지!

303

마마는 단지 현실적으로 대처 하고자 하시는 거요.

다 음기 때문입니다요! 제가 항상 말했듯 다 음기 때문입지요. 하지만 바오 당신은 제 말을 듣지 않았어요. 홍등조의 음기가 의화단의 힘을 쇠약하게 한 거예요. 여자들을 베이징으로 데려온 건 유약한 조치였습니다요!

홍등조는 우리 몫을 초과하는 전과를 올려왔어! 입 닥치지 않으면 내가 닥치게 해주지!

지금 머무르고 있는 곳이나 먹고 있는 음식은 모두 내 호의 덕분에 단왕 전하께서 당신들에게 제공하고 있는 것입죠! 그 점을 잘 기억하시지요, 낭자!

...

...

루파이, 우린 최선을 다하고 있소!

최선? 흠. 그놈의 최선 참 한심합니다요.

홀짝

메이윈은 단왕의 궁정에 임시 진료소를 차렸어.

빙웡빙은 항상 최선을 다해 메이윈을 도와.
공사관 구역에서 당한 사고 이후,
몸도 성치 않은데 말야.

물?

그 천치의 말이 맞다고
생각하는 건 아니겠지?

루파이? 아니,
물론 아니지.

메이윈,
너 한동안 전투에
나가지 않았지?
네가 없으니 홍등조도
방향을 잃은 것 같아.

바오! 여기에
승리로 가는 길이
있느니라!

한림원 도서관?

필요한 조치를
취해야 해!
중국을 탄생
시키기 위해
나는 수많은 책을
불태웠느니라!
궁수들을 불러라!
어서!

흑!

탕!

슉!

헉!

THUNK!

푹!

309

가만히 있어.

괜찮아, 메이원. 아프지도 않은걸.

지금은 안 아프지! 하지만 놔두면 감염이 된다고! 가만히 있어!

바오… 어젯밤에 너와… 우리가 나오는 꿈을 꾸었어.

응?

들어봐. 이 모든 일이 어떻게 되든지 간에, 다 끝나면 시골로 돌아가는 거야. 베이징을 떠나면 우리가 여기 있었다는 것조차 잊자.

너랑 나랑 결혼해서 집 안 가득히 아이를 키우는 거야. 우리 땅에서 함께 농사지으면서 말야. 조용히 사는 거야.

잠깐.

"일이 어떻게 되든지 간에"라고? 그게 무슨 말이야? 앞으로 어떻게 될 거라고 생각하는데?

모르겠어.

메이원, 우린 이길 거야! 아니 이겨야 해! 내… 내가 이길 수 있는 방도를 찾아냈어.

공사관 구역을 둘러싼 방벽 중에 양귀들이 수비를 세우지 않은 곳이 있어. 너무나 귀중해서 우리 중국인들이 절대 태우지 않을 거라고 생각하는 거지.

그게 무슨…?

!

SLAP!

흑!

바오, 꿈도 꾸지 마! 그 도서관에 있는 책들은 천 년도 넘은 것들이야! 그걸 대신할 수 있는 건 없어!

상처를 정통으로 때렸잖아!

제발! 다른 길을 찾아봐. 약속해줘!

알았어. 약속할게.

쿨

일어
나거라!

KUNK!
쿵!

내
너를 죽이러
왔노라.

윽! 윽! 윽!

314

WUMP! 떡!

흑!

KUNK! 쿵!

콜록콜록

콜록

할 거야, 알았어? 한다고!

중국을 위해.

너무 늦었도다. 네가 머뭇거리느라 이젠 너무 늦었도다.

중국을 위해!

멈춰!

어디 가는 거야?

몇 권만이라도 구해야겠어!

네가 이해해줘야 해, 메이원.

…중국을 위한 일이야.

중국을 위해서라고?!

사람들, 그리고 이야기가 없는 중국이 대체 뭔데?

얼마 동안 메이윈과 학자인 것으로 보이는
양귀 남자가 책을 한 아름씩 안고 나와 불길이
닿지 않는 도서관 바깥의 땅에 쏟는 일을 반복했어.

결국 지붕이 무너졌지.

새벽이 되자 불이 저절로 꺼졌어.

연기 너머로 양귀들이 보여. 밤새 물을 나르느라
지친 탓에 느릿느릿 움직이고 있군.

내가 명령을 내리자

의화단 동지들이
돌격을 개시했어.

하지만 도서관 잔해에 다다르기도 전에
난 뭔가 잘못되고 있다는 걸 깨달았지.

양귀들 얼굴에 그게 보였거든.

총탄이 우리들 몸을 꿰뚫고 지나가.

내 위로 펼쳐진 밝고 고요한 하늘…

…하늘 저 멀리 선명한 색 조각들이
파랗게 파랗게 사라져가고 있어.

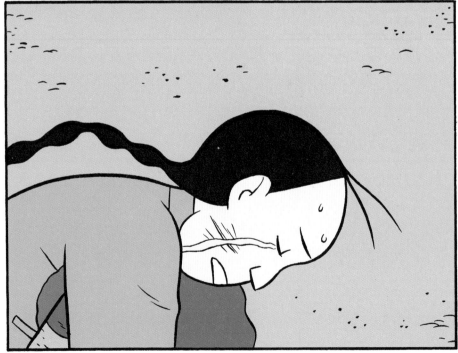

경극의 신들이
내게서 멀어져 가고 있어.

의화단 소년의 전쟁

지은이 | 진루엔 양
옮긴이 | 윤성훈
초판 1쇄 인쇄일 2014년 7월 11일
초판 1쇄 발행일 2014년 7월 18일

발행인 | 한상준
기획 | 임병희
편집 | 김민정 · 박민지
디자인 | 김경희 · 조경규
마케팅 | 박신용
종이 | 화인페이퍼
출력 | 소다프린트
인쇄 · 제본 | 영신사

발행처 | 비아북(ViaBook Publisher)
출판등록 | 제313-2007-218호(2007년 11월 2일)
주소 | 서울시 마포구 연남동 567-40 2층
전화 | 02-334-6123 팩스 | 02-334-6126 전자우편 | crm@viabook.kr
홈페이지 | viabook.kr

Korean translation copyright ⓒ 2014 ViaBook Publisher
ISBN 978-89-93642-64-3 04840